SUPER UE FELTRINELLI

SUPER UE

Daniel Pennac
Grazie

Traduzione di Yasmina Melaouah

FELTRINELLI

Titolo dell'opera originale
MERCI

Traduzione dal francese di
YASMINA MELAOUAH

Prima edizione nell'"Universale Economica" – SUPER UE
settembre 2004

ISBN 88-07-84046-4

Per Stefano Benni

1.

Siamo a teatro, noi in platea, lui sul palcoscenico.

Quando si alza il sipario lui è di schiena, in controluce, di fronte a un'altra sala dirimpetto a noi che lo applaude fragorosamente. Lo vediamo profilarsi come un'ombra cinese nell'alone abbagliante dei riflettori e ringraziare l'altra sala che lo acclama.

Grida:

– Grazie!

Indossa uno smoking.

Una lucina rossa lampeggia in alto sopra la sua testa.

Si sgola, per sovrastare l'entusiasmo del pubblico:

– Grazieee!

Con le due mani brandisce un trofeo agitandolo come uno shaker.

– Grazie!

Gli applausi raddoppiano.

Raddoppiano i ringraziamenti.

– Grazie! Grazie!

Una luce sempre più cruda rende la sua ombra

iridescente. La lucina rossa continua a lampeggiare. Il pubblico lo acclama, fischia, batte i piedi, un'ovazione incredibile. E lui:

– Grazie! Grazie! Grazie! Grazie!

Il trofeo deve essere pesante; abbassa un braccio e se lo sistema nell'incavo del gomito.

– Grazie, siete davvero... Grazie...!

Con la testa inclinata di lato, la mano alzata, aspetta che cali l'entusiasmo della folla.

– Grazie, vorrei... Graz... gra...

Tenta con la mano di placare il frastuono.

– Per favore, vorrei...

Rimane a lungo immobile, con il braccio alzato, finché la lucina rossa non cessa di lampeggiare. L'entusiasmo si smorza, e anche la lucina.

– Per fav...

Sembra stanco. La testa è inclinata dal lato in cui pesa il trofeo. La mano alzata sembra sul punto di ricadere.

– Grazie...

Le luci si abbassano. La sua sagoma sfuma fino a confondersi con il buio completo che cala insieme al silenzio.

Buio.

Silenzio.

Si sente solo qualche colpo di tosse, lo scricchiolio di qualche poltrona, che pian piano diventano i nostri colpi di tosse, gli scricchiolii delle nostre poltrone...

2.

Si riaccendono le luci in scena.

È in piedi, di fronte a noi, sotto le luci incrociate dei riflettori. È splendido, nel senso letterale del termine.

Il braccio ricade mollemente. Scuote la testa con un sorriso stanco e felice insieme. Dice un'ultima volta:

– Grazie.

Come se scambiasse un'occhiata con ciascuno di noi.

– Siete davvero... Davvero, siete...

Il suo braccio libero fa un gesto di felice impotenza. Scuote affettuosamente il capo. L'intensità dei riflettori si abbassa. Pian piano la luce si fa calda, quasi intima.

– Non so come...

Guarda il trofeo, nell'incavo del braccio. Ce lo mostra un'ultima volta, sollevandolo appena. Poi si rivolge alla sua destra:

– Per favore, me lo potreste...

Tende il trofeo, di cui lo liberano.

– Grazie.

Segue con lo sguardo la persona che si allontana.

Torna a rivolgersi a noi.

Sorride:

– Il peso dell'onore...

Con una mimica discreta lascia intendere che in effetti la cosa pesava parecchio.

– Anche perché adesso mi serviranno entrambe le mani.

Infila la mano destra nello smoking.

– Eh sì, proprio così, vi leggerò un breve...

Interrompe il gesto:

– Certo, se mi aveste premiato all'epoca della mia... memoria viva... non sarei stato costretto al mio... Vi avrei fatto un discorso spontaneo, garantito orale, cento per cento istintu*ale*! Ma... oggi... chiaramente... Come potete giudicare voi stessi...

Si indica come un vecchio rudere. In effetti, non è di primo pelo. Che età può avere?

Scoppia a ridere:

– D'altro canto, all'epoca della mia giovinezza non avreste potuto premiarmi per "l'insieme della mia opera"!

Riflette un secondo, poi mormora:

– Anche se, perché no? Con un po' di lungimiranza...

Si fruga nello smoking, borbottando:

– Ma dove ho ficcato quel...

Tira di nuovo fuori la mano, colpito da un'idea apparentemente inaspettata:

– È complessa, sapete, la questione degli onori. L'onore onora, questo è indubbio, ma... la cosa essenziale è un'altra. La cosa essenziale è il numero di persone cui fa piacere! A parte l'onorato, s'intende...

Una pausa.

– Le onorificenze, per esempio...

Ci interroga:

– Quanti di voi sono in lizza per una probabile onorificenza, quest'anno?

Gioca qualche secondo con il nostro silenzio.

– Mmmm? Detto tra noi...

Scuote il capo, comprensivo:

– Eh, sì, la conosco, la vergogna dell'onorificenza...

Ci rivolge uno sguardo partecipe:

– Quindi capite cosa provereste se ora foste qui, al posto mio!

Una pausa.

– Be', vi sbagliate!

E si lancia in una dimostrazione. Facendosi prendere dall'entusiasmo via via che procede nel suo ragionamento:

– Bisogna accettare le onorificenze, gli onori, gli allori, gli omaggi, le corone, le ricompense, tutti, dal più modesto al più prestigioso! Bisogna lasciarsi decorare come un albero di Natale. Che sia tutto un tintinnio e uno sbarluccichio!

Prende a testimone uno degli spettatori delle prime file:

– La accetti, quell'onorificenza, santo dio, la accetti! Farà piacere a tutti, in primo luogo a chi ha proposto il suo nome: al ministro che l'ha notata nella massa anonima, felice, il ministro, ha fatto la sua opera di scopritore, ha arricchito il patrimonio umano della repubblica! A chi poi le appunterà la medaglia, orgoglioso di darle il benvenuto nel club, contento di venire prima di lei nella graduatoria, onorato di onorarla. Ai suoi cari: marito, moglie, figli, amici, s'immagini la loro gioia! Ai suoi genitori, soprattutto! Il cognome del suo vecchio padre iscritto nel registro dell'onore nazionale! E ai suoi nemici, poi! Saranno i più felici di tutti, i suoi nemici, soprattutto i nemici intimi!

Puntualizza:

– Già li sento: "Ve l'avevo detto, io, che è ammanicato di brutto, quello lì!". "Fin da piccolo faceva il primo della classe, quel coglione!" "Un leccaculo pazzesco!" La gioia nell'animo dei vostri nemici! "Eppure non è che sia una cima..." "È per questo che lo premiano!" "E poi ha sempre avuto un senso innato delle convenienze..." "Sì, al supermercato..."

Fa il gesto di spingere un carrello del supermercato:

– "...con il 3x2!" Che atmosfera in quelle cene, grazie a lei! "Se penso a quella sua arietta modesta... hai sentito il suo discorso di ringraziamento? Hai visto che faccia, alla televisione?" "Mamma mia, che gatta morta!"

Una pausa:

– Magari lei sarà perfino all'origine di due o tre

riconciliazioni, il pretesto di un incontro amoroso, chi lo sa?

Sincero:

– Francamente... francamente, citatemi una sola circostanza della vostra vita in cui possiate rendere tutti così felici, portare a tal punto l'unanimità dei cuori. Una sola!

Ci interroga con lo sguardo.

– Vedete... nessuna.

Tornando allo spettatore che ha scelto:

– Non ha il diritto di rifiutare quell'onorificenza.

Incoraggiante:

– La questione dei suoi meriti è assolutamente secondaria...

Si corregge:

– Benché, no, scusate, a pensarci bene la questione dei suoi meriti non può essere presa sottogamba... Perché ci sono meriti e meriti... Qui non si tratta dei suoi meriti... reali... Quelli le sono naturali... lei non desidera più di tanto vederli pubblicamente riconosciuti... Forse non ne ha neppure un'esatta consapevolezza... No, sono gli altri che contano, i suoi meriti *immaginari*, quelli che lei si attribuisce, in tutta coscienza e fuori da ogni realtà, quelli occorre premiare. E in fretta! D'urgenza! Altrimenti... chissà cosa potrebbe succedere.

Cerca un esempio.

– Prendete Hitler...

Aspetta che tutti abbiano "preso" Hitler.

– Pittore mediocre, e tuttavia convinto del proprio talento pittorico, architetto capace a stento a impilare le tre costruzioni della sua infanzia, ma altamente consapevole dei propri meriti in quel campo... Bisognava premiarlo! Subito! Già dai suoi primi pastrocchi all'acquerello, per l'insieme della sua opera! Pittura, architettura, tutto! E farlo sapere in giro! Un riconoscimento planetario! Il podio universale, il lancio in orbita! Ci avrebbe risparmiato... 42 milioni di morti. Non è del tutto... irrilevante... come risparmio.

Una pausa:

– E a quanto mi risulta...

Guarda a destra, insistentemente, dove deve esserci la giuria che lo ha premiato.

– Nessun membro di una giuria è mai stato convocato davanti al Tribunale della Storia!

Rivolto a noi, senza distogliere lo sguardo dalla giuria:

– Chissà di cosa sarei stato capace, se non mi avessero...

Accenna il gesto di mostrare il suo trofeo.

3.

Stacca piano lo sguardo dalla giuria e si infila la mano nello smoking.

– Bene, adesso vi leggo il mio...

Si interrompe.

Ci rivolge un'occhiata colpevole.

– Sapete che cosa ho fatto?

Una pausa:

– Quando ho saputo che sarei stato premiato per l'insieme della mia... Sapete che cosa ho fatto?

Fa una risatina piena di vergogna.

– Mi sono girato tutte le premiazioni.

Annuisce imbarazzato.

– Per ascoltare i ringraziamenti! Perché non ci sono avvezzo, io. Tutti quei decenni passati a creare nella solitudine, nel silenzio, in quella che mi pareva fosse l'indifferenza generale, e di colpo questo riconoscimento globale, così prestigioso, non ho avuto occasione di esercitarmi... Allora sono andato a documentarmi. Mi sono fatto una quindicina di festival. Ho visto consegnare Palme, César, Oscar, Orsi, Leoni, una sfilza di orrori in oro, prodotti da artisti che forse sono stati o saranno un giorno premiati per l'insieme della loro opera! Ho assistito anche a biennali, a premi letterari – non tutti, sono più numerosi dei nostri formaggi! –, a consegne di onorificenze, certo, a intronizzazioni di ogni sorta... Ho applaudito molto. Ho ascoltato molto, osservato molto... Ho preso appunti. E ne ho tratto la conclusione che il ringraziamento è *un genere a sé*.

Una pausa.

Pedagogico:

– Come tutti i generi, obbedisce a talune leggi. È un genere *centrifugo*, nel significato ondulatorio del termine. Come un sasso gettato in uno stagno, il ringraziamento crea cerchi... centrifughi, sempre più... larghi.

Accompagna la sua dimostrazione con le mani.

– Il premiato ringrazia anzitutto il primo cerchio: i notabili, gli importanti, la giuria, senza i quali il riconoscimento non gli sarebbe stato assegnato; poi il secondo cerchio: il pubblico, nella fattispecie voi, che stasera siete qui a rallegrarvi per me, ed è molto gentile da parte vostra, davvero, vi ringrazio, questo mi... poi il terzo cerchio: lo *staff*, senza il quale la sua opera non sarebbe stata possibile: "Desidero soprattutto ringraziare il mio staff...", "tutti quelli che..." "tutti coloro grazie ai quali la mia..." "tutti quelli senza i quali non avrei potuto..." "Dedico a loro questo...".

Solleva un invisibile trofeo.

– È rarissimo che un premiato non ringrazi il suo staff.

Una piccola parentesi:

– È questa la principale differenza tra noi e i ministri. Un ministro non parla mai a nome del suo staff: "Da quando *io* sono entrato alle Finanze – all'Interno, alla Giustizia, all'Istruzione, alla Cultura –, *mi* sono impegnato affinché... è stata *mia* preoccupazione... *io* ho anche chiesto ai *miei* collaboratori di farmi... E appena *mi* è stato comunicato che... la *mia* decisione si è imposta.

Una pausa.

– Un ministro non aspetta mai che ci si congratuli con lui; *si congratula da solo*: grammaticalmente parlando, il verbo congratularsi in senso riflessivo – e solo alla prima persona singolare! – è esclusivamente ministeriale. "E mi congratulo!"

Si rende conto che sta divagando:

– Scusatemi.

Torna a bomba:

– Sempre nello stesso ordine, quindi, i ringraziamenti: giuria, pubblico, staff... a volte giuria, staff, pubblico... ma sempre quel terzetto di testa... Poi vengono i cerchi successivi, fino all'estrema periferia, se il tempo a disposizione del premiato lo consente... cosa che non avviene mai.

Riprende, meditabondo:

– Sì, proprio un genere centrifugo...

Accenna il gesto...

Riflette a voce alta:

– È strano, a pensarci bene... Perché qui i cerchi più vicini sono costituiti dalle persone che ci sono *meno* vicine.

Ci lascia il tempo di assimilare questa informazione.

– Prendete il mio caso... Dei membri della giuria...

Guarda a destra, con una certa insistenza, poi torna con lo sguardo verso di noi:

– Non ne conosco nessuno. Insomma, personalmente, non ne conosco nessuno. Sì, sì, vi assicuro è un premio pulito... Lo è diventato.

Un'altra occhiata a destra:

– Di fama, certo, uno o due... hanno raggiunto la notorietà prima di me... Ma personalmente nessuno. Non ne ho mai incontrato uno faccia a faccia. Nemmeno di spalle, in ascensore...

Nel tono della constatazione:

– Vengo premiato per l'insieme della mia opera... cioè per l'essenza di me stesso, per la mia vita, per il mio essere, e il mio primo ringraziamento va a perfetti sconosciuti! Persone che per me non significano nulla.

Storico:

– Persone che distribuiscono premi tutti gli anni... che tutti gli anni, poveretti, stanno lì a scervellarsi: "A chi potremmo dare il nostro premio quest'anno, adesso che tutti gli amici sono sistemati? Vediamo un po'"... Gli anni passano – molti, gli anni, perché molti erano gli amici – quindi passano anche per me... tutti questi anni di lavoro solitario, in incognito... E alla fine mi ritrovo premiato, in extremis, per "l'insieme della mia opera" da perfetti sconosciuti... che io ringrazio *prioritariamente*! Il primo cerchio! Il cerchio più...

Fa un nido accogliente con le mani.

Tutt'a un tratto commosso, quasi infantile:

– Altre persone ci sono più... care, no?... È qualcosa di un po'... ingiusto, no?

Cerca con lo sguardo la nostra approvazione.

La ottiene, qua e là.

Solo allora torna al suo argomento:

– Poi viene il secondo cerchio, voi che stasera siete qui...

Indica tutti noi.

Scruta la sala strizzando gli occhi.

Alza la testa verso la cabina di regia. Chiede:

– Si può avere un po' di luce, per favore?

Si accendono le luci in platea.

– Grazie.

Di nuovo perlustra il pubblico.

– È proprio come temevo... Non conosco nessuno neanche qui...

Cerca ancora, fa no con la testa.

– È vero, neanche voi mi conoscete, però mi *ri*conoscete. Con tutto il cancan intorno al premio, la televisione, i giornali, il brusco passaggio dall'oscurità alla luce, gli inviti che avete ricevuto...

Ampio sorriso di felicitazioni:

– Questi inviti sono un onore fatto anche a voi, un riconoscimento.

Continua a far scorrere lo sguardo sulla platea mentre la luce cala lentamente...

– Sta di fatto che stasera io mi sento molto solo, non conosco proprio nessuno...

Scorge una signora:

– Signora, la conosco?

Diniego imbarazzato della signora.

– Vedete... Anche la signora, non la conosco.

Una pausa. Improvvisa intuizione. Rivolto a tutti noi:

– C'eravate l'anno scorso? Per il mio predecessore, c'eravate? Com'era? Altrettanto...

Gesto sfarzoso.

– No, ve lo chiedo perché io l'anno scorso non c'ero. Non ho ricevuto l'invito. È la primissima volta che...

Aggrotta la fronte:

– Chi c'era, fra l'altro, al posto mio l'anno scorso?

Nessuna risposta.

Di colpo domanda, con voce forte:

– Qualcuno tra il pubblico è originario di Cholonge sur Brie?

Ripete:

– Cholonge sur Brie. Sì, proprio Brie, come il formaggio, ma il Camembert non c'entra niente, ho detto *Brie* e comunque qui non è un formaggio ma un fiume. È il mio villaggio natale, il fiume della mia infanzia. Nessuno è originario di Cholonge sur Brie? Nemmeno lontanamente? Seconda, terza generazione, un prozio originario di Cholonge, nessuno?...

Trattiene un'improvvisa emozione:

– E dire che vi ho ringraziato con affetto, come se foste...

Si corregge, tenta un sorriso:

– In realtà no, non vi ho ancora ringraziati.

Alza un indice che lascia ben sperare:

– Non vi ho letto il mio...

Fruga di nuovo nella tasca interna ma anche questa volta interrompe il gesto:

– Comunque sia, non ho nessuno staff da ringraziare: io non ce l'ho, uno staff. Niente terzo cerchio. In materia di creazione, devo fare tutto da solo, non posso assolutamente delegare nulla, sono troppo... maniacale, direbbero alcuni... Io direi piuttosto perfezionista. In una parola: serio. Un artigiano sul suo bancone. La mia opera è la mia opera, punto e basta. Al limite potrei ringraziare il nutrito staff di quelli che non mi hanno rotto le scatole mentre lavoravo... Questo sì. Tutta la mia gratitudine!

Riflette:

– E poi, in fondo...

Dalla riflessione passa al sospetto...

– In fondo, non sono neanche sicuro che i candidati *staffati* lo ringrazino davvero, il loro staff. Non li trovo mai... convincenti, in quella parte della cerimonia. Del resto, fino a che punto lo ringraziano? Fino al punto di condividerne i vantaggi? "*Ringrazio prima di tutto il mio staff con cui dividerò l'assegno.*" Mai. Questo, mai. Insomma io un caso del genere non l'ho mai visto.

Ci interroga con lo sguardo come se ci chiedesse: "E voi?".

Si tasta lo smoking.

Cerca di nuovo il suo discorso di ringraziamento.

A quanto pare, un'altra preoccupazione interrompe il suo gesto.

Fa no con la testa...

Pensieroso:

– C'è dell'altro... a proposito del ringraziamento... in quanto genere.

Una pausa.

– A pensarci bene...

Pare proprio intento a "pensarci bene".

– A pensarci bene, il ringraziamento è un genere ridondante...

Una pausa:

– Perlomeno il ringraziamento fatto dal candidato dopo l'assegnazione di un premio... Non è come quando ti tengono aperta una porta. In questo caso il ringraziamento va da sé.

Pantomima: passa attraverso una porta fittizia che si presume qualcuno gli tenga aperta, ringrazia:

– Grazie! Semplice buona educazione: uno tiene la porta, l'altro ringrazia. Chi passa esprime la sua gratitudine a colui che ha la gentilezza di tenere la... Anche se l'altro la tiene per il solo piacere di essere ringraziato. Succede. È frequentissimo. Soprattutto nelle mattine d'inverno, all'uscita della metropolitana, in quelle correnti d'aria così sgradevoli, ti tengono educatamente la porta, tu sei ancora lontano, ti costringono a correre, arrivi: "Grazie", "Prego", "Ma si figuri"... Siamo completamente senza fiato, ma ringraziamo lo stesso, li ringraziamo, è qualcosa che a loro scalda il cuore e noi ci siamo scaldati con la corsetta, è uno scambio di cortesie.

La sua allegria scompare di colpo.

– Un premio è tutt'altra cosa.

Spiega:

– Il premio assegnato costituisce già in sé un ringraziamento.

Molto pazientemente:

– Premiarmi per l'insieme della mia opera significa premiarmi per averla prodotta. Grazie di tutto, in un certo senso. E mi rifilano questo...

Accenna il gesto di tendere e di accettare il trofeo.

Lancia un'occhiata sospettosa alla giuria:

– Cosa si aspettano esattamente da me? Che li ringrazi di avermi ringraziato? E avanti così dove si va a finire?

Alcuni di noi lo approvano sorridendo, cosa che dipende un po' da lui.

Adesso si rivolge a costoro:

– E voi? Di cosa bisogna ringraziarvi, esattamente?

Sembra avere un dubbio.

– Di essere venuti anche voi a ringraziarmi?

Tutt'a un tratto preoccupato:

– Perché è questa la ragione della vostra presenza qui, spero. La... gratitudine, no?

Imbarazzo tra le nostre file.

– Non ditemi che siete venuti solo perché vi hanno mandato l'invito. Non sarete venuti a *vederli ringraziarmi*, spero. Sarebbe una cosa del tutto priva di interesse!

L'imbarazzo si prolunga.

Parla come se dovesse rassicurare se stesso:

– No, voglio sperare che vi siate scomodati di persona per venire a esprimermi la vostra riconoscenza per "l'insieme della mia opera"... Opera che seguite sin dai suoi primi passi. Che in tutti questi anni vi ha reso più...

Gesto aereo di elevazione spirituale.

– Meno...

Con le mani fa due paraocchi.

– Ma anche più...

Gesto di solido radicamento.

– È talmente complesso ciò che dobbiamo a un'opera degna di questo nome! È qualcosa che ci...

Si prende ardentemente la fronte tra le dita della riflessione.

– Ma anche ci...

Gonfia un petto felice...

– Ci domandiamo chi possa mai essere l'uomo che ci libera così facilmente da tutte le...

Una smorfia e un gesto appiccicoso suggeriscono importune contingenze...

– E se un tale individuo è vivo e abbiamo occasione di incontrarlo, di vederlo su un palcoscenico, in carne e ossa, di esprimergli un po' della nostra riconoscenza, andiamo, allora andiamo, che la gratitudine ha persino la meglio sulla curiosità...

Una lunga pausa, sembra convincersi delle ragioni della nostra presenza davanti a lui.

Poi:

– Sì, ma qual è il mio ruolo in tutto questo? Ringraziarvi di essere venuti? Di essere venuti a ringraziarmi?

Scuote più volte la testa.

– Questo fa del ringraziamento un genere molto molto molto *minore*. Interamente basato sul principio della ridondanza. Condannato alla tautologia, all'interminabile ripetizione del medesimo. Incredibilmente *limitato*, come genere.

Enuncia, come un teorema:

– "*Ogni opera equiparabile al discorso pronunciato dall'autore durante una premiazione va ritenuta indegna di essere premiata*".

Lascia che i più lenti abbiano il tempo di registrare:

– Volete che ripeta?

Lo ripeterà, se vogliamo. Ce lo farà anche ripetere in coro se lo ritiene utile. Se non è necessario, passerà al seguito.

– No, più ci penso, più questi ringraziamenti alla giuria, allo staff, al pubblico mi sembrano... una formalità. Una specie di deviazione obbligatoria per non dover ringraziare ufficialmente se stessi. È assolutamente impossibile ringraziarsi da soli se non si è ministri. Qualcuno che, non essendo ministro, dicesse:

"Mi ringrazio..." passerebbe per... per cosa, in effetti? Per un provocatore? Non sarebbe neanche divertente... E poi ne ho visti, di provocatori! Ho visto quelli che se la prendono con la giuria, quelli che insultano il pubblico, quelli che ne dicono quattro proprio al famoso staff, quelli che arrivano sul palco nudi, o completamente ubriachi, quelli che usano il trofeo per scopi... chiaramente distorti... quelli che vengono di persona a far sapere che rifiutano il premio...

Apre una veloce parentesi:

– Sia detto per inciso, l'eventualità di questi incidenti è una delle ragioni non trascurabili della fedeltà del pubblico a simili cerimonie. No?

Insiste:

– No? Non sperate vagamente che io...

Brusco gesto di follia.

– Di vedermi...

Ancora più sgangherato.

– No? Sul serio?

4.

Aspetta per un po', con lo sguardo interrogativo, prima di rituffare la mano dentro lo smoking, con un sorriso di scuse.

– E comunque non vi ho ancora letto il mio...

Nuova sospensione del gesto, con la mano sempre in tasca. Alza un sopracciglio:

– Tss, tss... So cosa state pensando.

Rettifica:

– Cioè, so cosa stanno pensando alcuni di voi, in questo preciso istante. Vi state dicendo: "In quella tasca non c'è nessun discorso scritto". Vi state dicendo: "Non c'è proprio un bel niente, in quella tasca... Forse quello smoking non ha nemmeno una tasca interna. La mano che lui infila e che tira fuori a intervalli più o meno regolari è un trucco. La tirerà di nuovo fuori vuota per trascinarci in un'altra direzione... Non ha scritto nessun discorso. D'altronde non ne ha bisogno, ormai è mezz'ora che parla senza niente di scritto. Forse ha scritto tutto quello che ha appena detto, sì, l'ha scritto e l'ha imparato a memoria, ma un vero e proprio discorso di ringraziamento per il premio che gli hanno dato non c'è. Ci metto la mano sul fuoco!".

Tira fuori la mano, scoraggiato.

– Avete ragione. Non ho scritto nessun... discorso di ringraziamento. Era una specie di gag.

Rifà il gesto due o tre volte imitandosi:

– "Vi ho preparato un breve...", "Allora adesso vi leggerò il mio...", "Comunque non vi ho ancora letto il mio..."

– La mia *unica* gag, a dire il vero.

Smarrito:

– Credete che ce ne siano tanti, di gesti da fare, nella mia situazione?

Indica il palcoscenico intorno a lui:

– Questo... vuoto?

Gira in tondo, visibilmente turbato. Lancia un'occhiata furente verso la giuria. Di colpo torna a rivolgersi a noi. Si piazza sull'orlo del palcoscenico:

– No, non ho scritto nessun discorso di ringraziamento! Non mi abbasserò a cadere nella ridondanza! Sì, può essere che io abbia scritto e imparato a memoria tutto quello ho detto finora! E allora? Ho fatto ben di più, ve l'ho detto! Mi sono smazzato tutte le premiazioni possibili! Non avete idea di come siano povere, in fatto di... *gestualità*!

Guarda la giuria. Crescente indignazione. Il suo tono di voce è più alto.

– Anche per loro è difficile. Una premiazione! Quale che sia il premio... Non hanno questa gran scelta, dal punto di vista della messa in scena! C'è la compunzione solenne dell'annuncio ufficiale davanti alla selva dei microfoni, all'uscita del ristorante famoso: "Il premio Pincopallino duemila e tot è stato assegnato al Signor Tizio al settantacinquesimo turno delle selezioni per due voti a uno...". Una cosa del genere non lascia molto spazio a... all'immaginario del corpo!

È inspiegabilmente furibondo.

– A meno che non vi rifilino la falsa suspense della busta aperta all'ultimo secondo dalla star di turno sul palcoscenico gigantesco: riflettori puntati, orgia di lustrini, sbattere di ciglia e rullio di tamburi, il tutto tirato per le lunghe: "E il vincitore è...". L'indice, ovviamente, si è incastrato nella busta da aprire...

Gesto: l'indice incastrato nell'apertura di una busta fittizia:

– "Il vincitore è...", "The winner is...", "Le gagnant est...", "Der Gewinner ist...", "El ganador es..."

Fuori di sé:

– Ma sì, in tutte le lingue! Ho verificato, credetemi, queste boiate funzionano in tutte le lingue!

Urla:

– E IL VINCITORE È...

Agita il risultato fittizio strappato alla busta fittizia, la sua voce si abbassa di colpo:

– Io.

Il braccio gli ricade pesantemente, il corpo si affloscia un po', sembra prostrato... Poi si scuote come se si risvegliasse. Si accorge della nostra presenza.

– Scusatemi.

Ancora qualche secondo per tornare pienamente cosciente.

Sciorina quello che segue in tono monocorde:

– Anche per il premiato non c'è questa varietà di soluzioni. Può esplodere di gioia balzando in piedi dalla poltrona, urlare la sua vittoria levando i pugni di fronte alla posterità: "Sìììì, sono io! Iooooooo!". Può subito scusarsi con il candidato sfortunato più vicino, bisbigliandogli: "Ebbene sì, sono io, vecchio mio, vecchia mia, sono io, cosa vuoi che ti dica, la prossima volta toccherà a te, è andata ancora di lusso che non sia quello sfigato di... guarda che faccia fa, consolati". Può fingere il più completo stupore lanciando intorno a sé occhiate allibite: "Cosa? Io? Ma proprio non me lo aspettavo! Con tutti questi talent'*inlizza*... No, ma è uno scherzo? Davvero? Che sorpresa!".

Alza gli occhi al cielo:

– Sorpresa un corno! A me, in ogni caso...

Cenno del capo verso la giuria:

– A me hanno avvertito prima! Anzi, era la conditio sine qua non dell'assegnazione del premio: dovevo venire a ritirarlo di persona. Altrimenti me ne sarei rimasto a casa, figuriamoci. Un assegno si può spedire per posta! Invece no, presenza obbligatoria... Altrimenti, lo rifilavano a qualcun altro, il premio. E quindi, l'assegno. Per questo mi sono allenato... mi sono fatto tutte le premiazioni...

Una pausa:

– Be', credetemi, per il premiato ci sono pochissime opzioni coreografiche. O entra da sinistra scivolando come un transatlantico di lusso aprendo le braccia verso colui che si accinge a premiarlo, come se lo conoscesse da sempre... Oppure appare timidamente da destra, non sapendo bene che atteggiamento adottare... Oppure balza sul palcoscenico, quattro scalini alla volta, eterno giovanotto (io ho optato per questa soluzione), afferra il trofeo come uno stendardo e saluta direttamente il pubblico che lo acclama, pensando: "Se il regista non spegne troppo presto le lucine dell'applauso obbligatorio, è fatta", e agita il suo trofeo come uno shaker...

Mima il gesto.

– Cosa che, tra parentesi, è un gesto preso a prestito dall'universo dello sport... per via dello... champagne... i ciclisti... i corridori automobilistici...

Fa il gesto di innaffiare il pubblico con una bottiglia:

– Questo genere di...

Cerca la parola esatta:

– ...poesia.

Torna al suo elenco:

– O sale gli scalini con la dignità di una statua, posa sul leggio predisposto all'uopo il tributo del suo discorso ufficiale, inforca gli occhiali e vi propina il famoso discorso di ringraziamento.

Prende una brusca decisione:

– Vabbè. Proprio ci tenete, a questo ringraziamento?

Senza aspettare la nostra risposta, comincia un discorso ufficiale:

– Signor presidente a vita, signor ministro, signore e signori della giuria, signor banchiere, che mi guarderei bene dal tralasciare... signore, signorine, signori, amici cari...

Cammina su e giù e, come se ci dettasse una ricetta di cucina:

– Dopo i saluti di prammatica, lanciatevi subito nel calderone delle referenze. Citare, citare a più non posso: Leonardo da Vinci, Hugo, Fellini, Mozart, Tiziano, Mallarmé, Shakespeare, Le Corbusier, Renoir padre e figlio, Mick Jagger e Pauline Carton, Django Reinhardt e i precolombiani... E allungare la broda, prego, dissertare all'infinito su che dobbiamo agli uni e agli altri, sull'humus ricco e vario in cui affondano le nostre radici, manifestare gratitudine per ciò che abbiamo visto, letto, sentito da quando eravamo piccolissimi, senza ovviamente dimenticare ciò che dobbiamo ai nostri contemporanei, giusto per far vedere che siamo di ampie vedute, abbiamo la riconoscenza aperta: citare Tizio... "tutta la mia ammirazione"... e Caio... "cui devo tantissimo"... Questo genere di...

Brusca interruzione:

– No... io no... Ah! No, pietà... Insomma, non si può... Va bene essere premiati, ma abbiamo anche noi la nostra...

Ci guarda, disarmato:

– Se solo uno pensa alla necessaria solitudine... Le

lunghe pause del dubbio... E quei momenti di felicità così gratuiti...

Sorriso sognante:

– O la felicità dell'alba, i giorni in cui l'idea ti fa saltar giù dal letto... Perché non è il gallo a svegliarti, né il camion della spazzatura... Non è neppure la prospettiva del premio o l'ambizione di lasciare una traccia... È l'urgenza di quel piccolo tocco di scalpello a cui pensavi quando ti sei addormentato... quella pennellata di ocra rosso all'angolo destro della tua tela, lassù in cima... Ecco cosa ti fa saltar giù dal letto! Il suono inebriante di una nota, che cambierà tutto... un nonnulla in punta di penna, forse una virgola, una semplice virgola... una sfumatura essenziale... il minuscolo dell'opera... una cosa da niente... solo la necessità... Dio mio, la bellezza di quelle mattine necessarie, nella casa addormentata...

Sorride a lungo, poi torna bruscamente al ringraziamento ufficiale:

– Ah! Dimenticavo: parlare anche di "sensibilizzazione"! Sbrodolare a manetta sulla "sensibilizzazione", sul ruolo che abbiamo il dovere di svolgere nella sensibilizzazione culturale del nostro paese, della nostra arte, dei nostri valori... "E se il mio *modesto* contributo potesse..." Sì, una rapida allusione alla modestia del premiato è sempre ben accetta, presentarsi come un personaggio talmente ordinario da diventare discretamente eccezionale: "Se con il mio modesto contributo sono riuscito anche solo in parte a favorire la sensibilizzazione...", e infilarsi alla chetichella tra la schiera degli irreprensibili, quelli che non possono assolutamente essere incolpati di come va il mondo: "Da una vita mi batto contro...", "un'intera esistenza dedicata a...", ma insieme dichiarare di amare la gente, di amare l'umanità, di amare i...

Profondamente scoraggiato:

– No... anche da bambino, per la festa della mamma, questo genere di... proprio non ce la facevo!

Sta per piangere:

– Non che non le volessi bene, alla mamma... Non che non vi voglia bene... non è una questione di mancanza d'amore... ma... Ah! No, il ringraziamento di tot righe per la mamma, fatto sbirciando il disegno dei compagni... perché non si può fare a meno di scopiazzare il disegno dell'amico...

Improvvisamente scoraggiato:

– Tutto questo è di una povertà... desolante.

Una pausa:

– Degradante.

Sfinito.

– E voi mi rinfacciate il mio...

Rifà il gesto di infilare la mano nello smoking.

Inaspettatamente, tira fuori una decina di fogli dattiloscritti.

5.

Di fronte al nostro stupore, spiega, infastidito:

– Ma no, non è un discorso di ringraziamento... È il regolamento del premio.

Sfoglia il regolamento:

– Devo verificare una co... Ah, ecco!

Leggendo, aggrotta la fronte.

– È proprio come temevo. Un'ora e un quarto. È scritto nero su bianco: "La prestazione del premiato durerà tra i 75 e i 90 minuti".

Ci mostra il foglio.

Conciliante:

– Vabbè, diciamo settantacinque.

Guarda l'orologio e si rituffa nella lettura del regolamento.

– "Come corrispettivo..."

Alza un occhio:

– Sì, c'è un... corrispettivo.

Legge:

– "Come corrispettivo della cifra forfetaria assegnatagli, il premiato si impegna a esibirsi davanti al pubblico dei suoi ammiratori nelle 23 seguenti città: Chartres, Melun, Beauvais, Rennes, Nantes, Châteaurou, Tours, Auxerre, Montbéliard, Bar le Duc, Clermont-Ferrand...”

Salta alcune righe:

– “La sua esibizione dovrà rivestire carattere di spontaneità...”

Scuote la testa:

– Che stile!...

Un foglio di un altro formato gli cade ai piedi.

– Uff!

Lo raccoglie:

– La ricevuta dell’albergo...

Sta per rimetterla in tasca quando gli cade l’occhio su un particolare.

– Ah, questo mi era sfuggito.

Rilegge:

– Il minibar è a mie spese.

Conferma leggendoci a voce alta:

– “Il minibar è a carico del premiato.”

Rimane per un po’ con gli occhi fissi sulla frase:

– Ah! Non è a mie *spese*, è a mio *carico*. “Il minibar è a *carico* del...”

La parola gli dà da pensare.

– A mio carico...

Con aria pensosa, infila i fogli nello smoking.

– Le parole...

Guarda ai suoi piedi, ad altezza di minibar, con una certa tenerezza:

– Certo...

Si china piano. Le sue mani sembrano posarsi sulle spalle di un bambino che guarda negli occhi. Poi, con la mano destra, apre una porta fittizia.

Ha il busto e la faccia avvolti da una luce tenue.

Mormora:

– È una luce interiore.

Contempla solennemente quella interiorità, poi richiude la porta. La luce si spegne. Lui rimane chino qualche secondo. Si rialza tenendo gli occhi fissi sul minibar.

Poi dice, nel modo più serio del mondo:

– I minibar sono dei bambini.

Poiché alcuni di noi paiono dubitarne, domanda:

– Non mi credete?

Una pausa:

– Non pensate che i minibar siano dei bambini?

Ordina:

– Chiudete gli occhi.

Insiste. È serissimo:

– Chiudete gli occhi, per favore... E adesso immaginate di essere in quella stanza, al posto mio... È una sera d'inverno... O forse no, non necessariamente, non ci sono stagioni in questo genere di alberghi... Tenete gli occhi chiusi, per favore, immaginate...

Aspetta che noi *immaginiamo*:

– Voi in quella stanza... State per incontrare i vostri... "ammiratori"... Un'ultima occhiata allo specchio... vi aggiustate il papillon... Provate il gesto della vostra unica gag... Va bene, è perfetto, è la vostra dodicesima città. Prima di uscire dalla stanza...

Quasi supplichevole:

– No, no, tenete gli occhi chiusi per favore, immaginate questa stanza d'albergo, immaginatela *davvero*... Prima di uscire dalla stanza, vi chinate davanti al minibar... aprite la sua porticina...

Lui non si è mosso, è rimasto in piedi ma è di nuovo avvolto dalla luce del minibar. Parla in tono lento e ipnotico.

– Vi prendete... qualcosa che vi dia un po' di carica... lo mandate giù d'un fiato, nell'alone di quella luce interiore... Poi vi tirate su, posate la mignon vuota sul minibar e lo richiudete.

Infatti la "luce interiore" scompare.

– E aprite la porta della stanza.

Ripete, sempre in tono ipnotico:

– Spegnete la luce. Uscite nel corridoio e lasciate che la porta si richiuda alle vostre spalle...

Ancora quasi supplichevole:

– No, tenete gli occhi chiusi, per favore, e adesso concentratevi sul minibar che avete abbandonato in quella stanza d'albergo... Adesso è *solo*... solo nella penombra... immobile in quel silenzio di moquette... fino al vostro ritorno... con quella bottiglietta vuota sulla testa...

Una pausa. Guarda il minibar ai suoi piedi e dice, molto compreso, e con un tono di vera preoccupazione adulta:

– Tutti i bambini sono figli e figlie di Guglielmo Tell; hanno tutti una mela in equilibrio sulla testa...

Aggiunge:

– E non sono a nostre spese. Sono a nostro carico.

Tace.

È in preda all'emozione.

Il suo silenzio è come prolungato dal nostro.

...

Di colpo si riprende.

Guarda l'orologio.

Scuote la testa, e alza gli occhi al cielo. Timido sorriso.

– Far passare dei minibar per dei bambini... ma dico io, è possibile?...

Abbassando il tono:

– Senza contare che questa è creazione!

Lancia un'occhiata timorosa alla giuria.

– E a me non è più permessa!

Svolgimento:

– Mi hanno premiato per l'*insieme* della mia opera! Finita, la creazione. La mia opera è dietro di me. Definitivamente. È questo il significato *secondario* del premio che mi hanno assegnato. Per quanto mi riguarda, è il primo significato. Creare non mi è più permesso. Largo ai giovani, in un certo senso...

Preoccupato:

– C'è fra voi un giovane che...?

6.

Si riprende:

– Ricapitolando. Niente più gag, divieto di creare e...

Guarda l'orologio:

– Ancora venti minuti da passare insieme.

Aggrotta la fronte:

– Come posso riempire questa eternità senza che la sala si svuoti?

Parentesi:

– Cosa che comporterebbe una rottura del contratto e la restituzione della somma forfetaria assegnata al premiato.

Conferma tamburellando sulla tasca interna dello smoking.

– È scritto a chiare lettere. Piccole, ma chiare. E in quello stile da contratti assolutamente deprimente. Quindi per favore tenete duro. Un po' di pazienza! Lasciatemi trovare una soluzione. Che cosa sarà mai per voi una mezz'ora di pazienza di fronte a un'intera vita dedicata alla creazione?

Infastidito:

– Ma non stiamo a parlare della mia opera, la conoscete meglio di me!

Riflette:

– No...

Continua a riflettere:

– Bisognerebbe...

Accenna un sorriso:

– Sì...

Sembra convincersi da solo:

– Sì, forse, sì...

È convinto:

– Ma certo, è così!

All'apice dell'entusiasmo:

– Bisognerebbe approfittare dell'occasione per rinnovare le leggi del genere! Voi e io, tutti insieme.

Precisazione:

– Il genere del *ringraziamento*... Umanizzare un po' questo... Farne un momento di pura sincerità. Confezionare il discorso di circostanza nella stessa stoffa della vita, tutti noi, qui e ora!

Alla giuria, stizzito:

– Non potrete rimproverarci di creare, a questo punto!

A noi, continuando a indicare la giuria:

– No, qui saremo nell'ambito della riflessione pura, territorio in cui non si aspettano minimamente che ci inoltriamo!

Una pausa:

– E non servono gag! Si tratta di ragionare *lucidamente* sulla base di una *realtà* del tutto *oggettiva*: il *ringraziamento* come *genere*, allo scopo di apportarvi un miglioramento sostanziale, la sua ragione di autenticità!

Sembra dare per scontata la nostra approvazione.

Ringalluzzito.

– La prima tentazione, ovviamente, è quella di invertire la tendenza: fare del ringraziamento, genere finora centrifugo, un genere centripeto. O, se preferite, mettere la periferia al centro e respingere questa accozzaglia di...

Indica la giuria:

– Questo pseudocentro, ben oltre l'ultimo cerchio, in un punto del... nulla. Sì, è la prima tentazione: riportare finalmente al centro della nostra gratitudine coloro che devono essere ringraziati per primi per il semplice motivo che a loro dobbiamo tutto. Il primo cerchio, quello vero! La famiglia, i Nostri, in poche parole.

Si sente che ha messo la maiuscola a Nostri.

Non a caso ripete:

– I Nostri!

Si approva:

– Sì!

Una pausa. Riflette molto seriamente.

– See...

Aggrotta la fronte:

– Ma c'è un problema.

Una pausa.

– È già stato fatto.

Conferma:

– Sì, l'ho già visto due o tre volte. Uomini o donne premiati che ringraziavano il padre, la madre, la tata, a volte allargavano: fratelli, sorelle, moglie, marito, risalivano fino a un antenato...

Circospetto:

– Come posso spiegarvi quello che ho provato?

Pensa a voce alta come può spiegarcelo:

– Non solo la sensazione di una certa indecenza... di una vistosa mancanza di pudore... di una violazione pubblica della loro intimità... di un desiderio infantile di non passare per ingrati, no, era qualcosa d'altro... Come l'intrusione di un... di un *dubbio* in quella dimostrazione d'affetto... Una pecca nell'acciaio della gratitudine... Oh, un nonnulla, un abbassamento di tono appena percepibile... Ma che fa uno strano effetto.

Imita un premiato:

– Dedico questo premio ai miei genitori, nonostante...

Si corregge subito:

– No, nonostante niente, grazie di cuore, io...

Gesto di fatalità.

– Ma è troppo tardi, il premiato ha dischiuso la porta dell'armadio di famiglia, il noto profumo del *non detto* ha subito pervaso tutto lo spazio disponibile... L'abbiamo riconosciuto tutti e i terapeuti presenti in sala già preparano i biglietti da visita...

Fatalista:

– No, in famiglia il ringraziamento va bene giusto a tavola. "Passami il sale... grazie." "Un po' di zucchero?" "Sì, grazie." E anche per le porte, come in metropolitana: "Grazie". E naturalmente per i regali di Natale: "Oh! Una burriera elettrica, grazie, era proprio quello che desideravo!".

Sembra scoprire via via quello che ci sta dicendo. È stupefatto di se stesso.

– È vero, bisogna aspettare di aprire i regali di Natale per capire quanto i nostri cari ci abbiano perso di vista! Al momento della scelta, in negozio, non gli ricordate più nessuno. Non hanno la benché minima idea dei vostri gusti, nemmeno il sentore dei vostri desideri né la più piccola attenzione ai vostri bisogni reali... Non è neanche come se foste qualcun altro, è come se foste chiunque altro. Infatti a volte si sbagliano, mettono il nome di un cognato sul vostro regalo; nessuno se ne accorge.

Una pausa:

– Da piccoli era diverso, Babbo Natale ci riconosceva dalla firma! Misuravamo il suo affetto dal rispetto della cosa richiesta, era il "mio" regalo apposta per "me", ci confermava la nostra identità! Ma con il passare degli anni, con il sopraggiungere dell'età adulta, diventano regali... aziendali. Ogni Natale abbiamo l'impressione di lasciare il posto di lavoro, di andare in pensione. Perciò, necessariamente, a regalo aziendale ringraziamento aziendale: "Oh! Una pistola sparachiodi, era proprio quello che desideravo, grazie cari colleghi, grazie mille!".

Di colpo intenerito:

– Bambini in pensione... e sempre quella mela in equilibrio sulla testa!...

Cambiamento di rotta:

– E poi è inutile ringraziare la famiglia. Il vostro premio le fa un piacere pazzesco. Prima che ve lo assegnassero, si chiedevano cosa cazzo facevate *esattamente* nella vita. Era una domanda che i più delicati evitavano persino di porvi. Gli altri, ovviamente: "Allora, continui a dipingere? Scrivi ancora? Rende, la tua musica? Ehi, Bergman, funzionano, i tuoi filmetti, per la tivù?".

Una pausa:

– Adesso lo sanno: hanno generato un talento! Insomma, *del* talento... Vostra madre, vostro marito, vostra moglie, i vostri più lontani cugini... tutti circonfusi della vostra gloria!

Gesto di impotenza:

– Assolutamente impossibile evitare l'epidemia di aureole...

Una pausa:

– Anche vostro figlio...

Si corregge:

– No, vostro figlio no, vostro figlio soffre, è in crisi: sognava di essere figlio di un idiota, e si ritrova figlio di un premiato, figuratevi un po' che sconquasso!... Gli girano a mille, a vostro figlio...

Conclude, facendo no con la testa:

– Mi sa che alla fin fine... la famiglia al centro del ringraziamento... la sconsiglierò al mio successore...

Un'idea improvvisa:

– Ma no, che stupido! Avvertitelo voi, l'anno prossimo! Piccoli cenni discreti...

Fa "piccoli cenni discreti" a qualcuno che immagina sia su un palcoscenico, parla in maniera muta, e sulle labbra gli si può leggere: "La famiglia, no! La famiglia, no!"...

Tace.

Riflette.

– Chi, allora?

Si scervella:

– ...Gli amici?

Si rilassa. Sorride:

– Forse.

Emozionato:

– La famiglia elettiva... Coloro che abbiamo scelto, negli anni, uno a uno, in tutta coscienza, le bottiglie migliori, che ci hanno conosciuto quando non eravamo... quasi nessuno... che ci hanno sostenuto nella sfiga e si rallegrano del nostro successo perché ci hanno sempre accettati per quello che siamo, né più né meno...

Una pausa...

– Gli intimi...

Si approva con foga:

– I migliori amici al centro del ringraziamento... Certo, è il minimo che si possa fare!

Sorride estasiato.

– Sì...

Felice.

– Sì, sì, sì...

Poi:

– No...

Corregge il suo entusiasmo:

– No, no...

Definitivamente:

– No.

Rivolto a noi, come se avessimo partecipato alla sua riflessione:

– No, non è lo stesso problema della famiglia, è diverso...

Aggrotta la fronte:

– Ho assistito anche a questo, il ringraziamento degli amici...

Cerca il ricordo più preciso possibile.

– Il premiato parte caricatissimo, sicuro del suo affetto, disinvolto nella riconoscenza, sono quelli i suoi principali destinatari, non c'è problema, sono i suoi migliori amici, non c'è alcun dubbio: "Desidero innanzitutto ringraziare..." cita due o tre nomi plausibili... poi... una prima esitazione...

Precisazione:

– Non la stessa esitazione come nel caso della famiglia, un altro genere... Ah, come dire?

Per spiegarsi meglio, scende tra noi e indica un candidato fittizio come se fosse al posto suo, sul palcoscenico:

– Allora, ci sono io, seduto in poltrona, qui in platea, in mezzo a voi, e il premiato, un altro io, là sul palcoscenico, intento a ringraziare i suoi migliori amici. E pian piano io ho l'impressione che il premiato obbedisca non tanto a un reale sentimento di gratitudine quanto a un illusorio scrupolo di esaustività. Guardatelo bene... Si sta rendendo conto di essersi imbarcato in un'impresa impossibile. Perché sono tanti, i suoi migliori amici! Non è cosa che si fa dall'oggi al domani, *l'insieme di un'opera*, quindi, necessariamente, con l'accumularsi degli anni si sono accumulati i migliori amici! E così, sgranando i nomi, il premiato si accorge che questo maledetto ringraziamento si sta trasformando nel momento della selezione! Proprio non se lo aspettava. Della selezione, della classificazione... Perché in fatto di amicizia c'è migliore e migliore, checché se ne dica...

Risale sul palco.

– Ogni volta che ringrazia una persona, lo sentiamo letteralmente pensare: "Dio santo, forse sto dimenticando qualcuno di molto caro, magari di più caro, ma chi?". E appena ringrazia calorosamente la persona di cui si è ricordato in extremis gli vediamo dipingersi in volto il terrore di una nuova dimenticanza...

Indica se stesso, seduto in platea:

– E io, nella mia poltrona, penso: "Se l'avessi saputo mi sarei portato dietro il thermos...".

Rassegnato:

– Sì, è lunga, la gratitudine, è come la carità: non bisogna dimenticare nessuno. E invece dimentichiamo sempre qualcuno. Ce n'è sempre uno che sfugge. E state pur certi che proprio quello lì – fosse anche uno su un milione – vi rinfaccerà di non averlo ringraziato.

Conferma:

– Gli altri reputeranno che la vostra riconoscenza va da sé, è una questione di amicizia, non ve ne saranno minimamente grati, ma ci penserà lui, il dimenticato, a farvi pubblicità!

Guarda l'orologio, ma non dice niente.

– No, ringraziare gli amici intimi... troppo pericoloso... suscettibilità infiammabili!

Sguardo sprezzante alla giuria:

– Ma non è un buon motivo per ringraziare il primo che capita!

Fa scorrere lo sguardo su di noi:

– D'altro canto, non possiamo neppure ringraziare tutti...

7.

Borbotta:

– Rinnovare il genere... questa è proprio da me! Con la scusa che vengo premiato per l'insieme della mia opera, mi metto in testa di riscrivere le regole di un genere... che dico di un genere, di un'*Istituzione* planetaria! L'umanità intera si congratula e si ringrazia sotto l'occhio di tutte le telecamere e io me ne arrivo fresco fresco, una bella sera, con la pretesa di rinnovare il...

Rivolto a noi, amabilmente ironico:

– Grazie del vostro aiuto, tra l'altro.

Una pausa.

– Molte grazie.

Aggrotta la fronte.

C'è qualcosa che lo rode.

– "Molte grazie."

Un lampo nello sguardo:

– Avete fatto caso che si ringrazia sempre *molto*, mai *poco*: "Molte grazie", sì. "Poche grazie", no. "Grazie tante", sì. "Grazie meno", no. Non si dice. In amore, invece, si può amare poco, amare meno – anche molto meno – e dirlo: "Ti amo molto meno"... a parte l'interessato/a, non scandalizza nessuno. Ma "ringraziare meno" non è fattibile. Si ringrazia sempre di più. Il problema della gratitudine è che è votata all'inflazione. Contrariamente all'amore che invece tende più a...

Gesto di assottigliamento.

– Perciò ci tocca ringraziare sempre più persone che amiamo sempre meno...

Fronte aggrottata:

– Però non si può neanche dire "grazie" a una persona che ci fa dono del suo amore. Non sarebbe... Provateci: "Ti amo". "Molte grazie!" Non è una risposta soddisfacente...

Lascia che le nostre risatine evaporino.

Quindi, serissimo:

– Eppure dovrebbe esserlo.

Di colpo abbiamo la sensazione che si rivolga a qualcuno di invisibile.

Qualcuno che avesse parlato dentro di lui.

Qualcuno cui risponde con una dolcezza e una gratitudine infinite:

– Mi ami? Davvero, mi ami? Oh! Molte grazie, finalmente il mio nome significherà qualcosa...

Un lungo momento di emozione.

Ripete, profondamente:

– Grazie.

Aggiunge:

– Molte.

Dopodiché atterra e scaccia l'idea con la mano:

– Ma no, non va bene. Grazie a qualsiasi cosa, ma non all'amore...

Si irrita:

– Eppure, questo perenne obbligo di gratitudine... Comincia prestissimo! E dilaga in ogni direzione: Come si dice? Grazie! A chi, grazie? Alla mamma, grazie mamma! Di' grazie anche alla zia... Grazie zia, grazie zio, grazie signore!

Si fa prendere dall'entusiasmo.

– Grazie, amico mio! Grazie signora, grazie infinite... Egregio signor preside, colgo l'occasione per esprimerle i miei più sentiti ringraziamenti... Grazie a tutti!

Con un telefono immaginario all'orecchio:

– Sì, grazie, esatto, assolutamente sì, grazie, cosa? No, grazie, no, cosa? No, grazie, assolutamente no, gra...

Riaggancia:

– Tre etti esatti, le tolgo il grasso? Sì, grazie. No, sono io, grazie per la fiducia... Grazie per aver chiamato il nostro numero, le linee sono momentaneamente... Firmi qui, grazie, e qui mi faccia una sigla, grazie. Eeeecco fatto, grazie!... Quindi la corte la condanna a quindici anni di reclusione senza condizionale. Grazie!"

Medita per qualche secondo poi, come se avesse dimenticato la cosa più importante, si protende verso di noi, confidenziale:

– A proposito, siete pregati di lasciare il luogo pulito come vorreste trovarlo, grazie...

Ha sentito un commento, una risatina?

– No, non mi diverto affatto! Sembra, ma... Sto analizzando la parola, figuratevi un po'! "Grazie", la parola chiave. Rifletto! Quando uno pretende di ribaltare il genere del... è il minimo che...

Indica la giuria, abbassando la voce:

– Mi sembra non vi rendiate conto che io non sono mica tanto nelle loro grazie!

Sguardo braccato:

– Quelli mi ascoltano, mi scrutano... e da un momento all'altro mi possono dire "arrivederci e grazie"... Sta scritto qui!

Si tamburella la tasca.

Una pausa.

Continua a parlare della giuria:

– Grazie tante, loro fanno quello che gli pare! Capaci di mandarmi allo sbaraglio su questo palcoscenico senza neanche un grazie, e grazie al cielo dura poco...!

Ci guarda con un'espressione di sollievo che sembra dire: "Vedo che mi avete capito!".

– Certo, la questione è proprio questa: cosa ci si può aspettare da una parola ambigua come "grazie"? Da un verbo che esprime un sentimento e il suo esatto contrario?

Ci tende la mano come per stringere la nostra:

– La ringrazio...

Poi ci congeda con il rovescio delle dita:

– ...arrivederci e grazie!

Contrariato:

– Perciò, alquanto... sospetto... il *genere* del ringraziamento... Non facile da rinnovare...

Ci indica con un mezzo sorriso:

– Specialmente con uno staff del genere!

A mezza voce:

– Su questo punto, non vi ringrazio.

Aggrotta la fronte.

Sorpresa.

Illuminazione, addirittura.

– Avete sentito? Avete sentito che cosa ho detto?

Aspetta che noi ricordiamo.

– "Non vi ringrazio"...

Tutto contento della sua trovata:

– Alla forma negativa il verbo ringraziare perde tutta la sua ambiguità! Fino a prova contraria "non vi ringrazio" significa "non vi ringrazio"! A persone che non mandiamo via non diciamo "non vi ringrazio", diciamo "vi tengo". No, no, pensateci bene: "Non vi ringrazio" significa *solo* non vi ringrazio. Non è possibile alcun errore di interpretazione.

Pensieroso:

– Forse questa è una traccia...

Cogita:

– Se ponessimo al centro del ringraziamento una persona che non vogliamo ringraziare... Il genere guadagnerebbe chiarezza... e sicuramente sincerità!

Avido:

– Vediamo... vediamo un po'... Chi non ringrazierei per nulla al mondo?

Il suo sguardo sembra cercare qualcuno tra noi.

– Il fatto è che questi sono più numerosi degli altri!

Si lancia:

– Per cominciare, eliminiamo il grosso: non ringrazio nessun ministro!

Alza una mano conciliante:

– No, non ho niente contro i ministri... Ma qui si tratta di rinnovare un genere fondato sulla tautologia. Quindi non è il caso di ringraziare persone che si ringraziano da sole! Sennò addio rinnovamento!

Una pausa.

Riflettendo a voce alta:

– Quelli che non ringraziamo... Non è come con gli amici; non possiamo sperare di essere esaustivi, ce ne sono davvero troppi.

Lucido:

– La cosa saggia sarebbe trovarne solo uno. Uno soltanto. Che sia assolutamente indegno dei nostri ringraziamenti. Un indegno emblematico. Che incarni tutti gli altri... Quello che non ringrazieremmo nemmeno sotto tortura! Vediamo un po'...

Cerca.

Cerca.

È sul punto di trovare.

Trova.

Sì, ha trovato!

Il suo viso si imporpora.

Grida:

8.

– Signor Blamard, non la ringrazio!

Consapevole della sorpresa creata dall'irruzione di quel nome proprio – che peraltro sembra sorprendere anche lui –, ci tiene a fare una dichiarazione preliminare.

In tono solenne:

– Signor presidente a vita, signor ministro, signore e signori della giuria, signor banchiere, signore, signorine e signori, cari amici, mi siete testimoni che finora mi sono attenuto alla massima riservatezza. Sono stato forse pungente, mai offensivo. Ho forse potuto apparire critico, ma mai nei confronti di qualcuno in particolare. Non ho schernito alcuno dei miei concorrenti, non ho citato per nome alcun membro della mia famiglia, ho risparmiato i miei amici peggiori e se ascoltandomi vi sono venuti in mente alcuni nomi conosciuti, prendetevela solo con la vostra malevolenza.

Una pausa. Improvviso furore:

– Ma con Blamard e tutta un'altra cosa. Signor Blamard, io non la ringrazierò!

Fa un grande sforzo per dominarsi.

La sua voce diventa grave, evocatrice:

– Le mie origini... Cholonge sur Brie... All'epoca in cui nel cortile della scuola si trovavano ancora le coccinelle... In cui gli inverni erano inverni... In cui il Brie gelava al punto che le alborelle e i pesci persici rimanevano intrappolati nel ghiaccio... Li vedevamo in trasparenza, aspettare la primavera mentre noi pattinavamo sul loro cielo... Cholonge sur Brie... Tanto tempo fa... All'epoca ero solo un minibar abbandonato dietro a un banco della scuola elementare... Avevo così freddo, dentro... In quegli inverni, l'inchiostro gelava nei nostri calamai di ceramica... Sì, viola e gelato, al mattino... E com'erano intirizzite, le nostre ditina, nonostante i mezziguanti!!... E com'erano livide, le nostre gambe, quando il maestro, il signor Blamard, ci metteva in fila nell'atrio proprio nella corrente d'aria... Perché non bastava essere nati a Cholonge sur Brie, crescervi piano nella vana attesa che succedesse qualcosa, nella vana speranza di incontrare qualcuno che non fosse di Cholonge sur Brie, no, non bastava essere originari di Cholonge sur Brie e destinati a un mondo in cui nessuno sarebbe stato di Cholonge sur Brie, bisognava anche avere come insegnante Blamard!

Lungo silenzio.

Ricordi dolorosi...

– Blamard praticava una pedagogia che aveva qualcosa in comune con il genere del ringraziamento. Una pedagogia... centrifuga... nel senso ondulatorio del termine. Quelle mattine in cui il ghiaccio ci teneva lontani dalla scrittura, Blamard concedeva al suo allievo migliore l'onore di accendere la stufa della classe. Poi ci disponeva in cerchi di merito decrescente, sempre più lontani dal calore.

Una pausa:

– Quanti cerchi c'erano, nell'infinita riprovazione di Blamard? E quante mele nella sua tasca? Non lo so... So soltanto che ho passato tutta l'infanzia con la mela del suo disprezzo posata sulla testa, andando alla deriva su un pezzo di banchisa non riscaldato da alcun raggio di sole, mai... Dio mio, che abbandono... Ero così lontano da tutto... Era come se l'aula non avesse pareti... Ma sempre sotto l'occhio di Blamard, che ci teneva sotto tiro fino ai confini estremi della sua vigile indifferenza...

Parentesi:

– Sono fatti così: se ne strabattono di te, ma non ti tolgono gli occhi di dosso...

Lungo brivido:

– Quel bagliore di ghiaccio, nello sguardo di Blamard... E sapete una cosa? La sapete, la cosa più terribile? No, non era la solitudine del minibar chiuso sulla sua luce interiore... No, non era neanche il disprezzo glaciale di Blamard... Era l'esatto contrario... era quella paura di ogni istante... paura che la mela mi cadesse dalla testa e rotolasse fin là, fino ai piedi di Blamard, per ricordargli la mia becera esistenza... Oh, quella paura!

Si irrigidisce:

– Ne ho conservato... una specie di rigidezza... ve ne siete accorti?

Sì, tutt'a un tratto ci sembra un po' rigido... il collo, forse.

– Nessuno ha avuto un'infanzia più immobile della mia...

Una pausa:

– Più ermeticamente chiusa sulla propria luce...

Una pausa:

– Nessuno ha aspirato così precocemente, così risolutamente a farsi dimenticare.

Silenzio.

Mormora:

– Mi dimentichi, signor Blamard... dimentichi... io non ci sono...

Silenzio...

Allarga le braccia:

– Morale, eccomi davanti a voi... sotto i "riflettori della gloria", come si suol dire... con la stessa mela sulla...

Indica la cima del proprio cranio:

– E questa paura nelle viscere... una fifa antichissima... contro cui lotto da...

Guarda l'orologio:

– Ormai un'ora e un quarto... Paura che la mela mi cada ai piedi e rotoli fino a...

Gesto, verso le file di poltrone in platea, come se la mela rotolasse verso un signor Blamard seduto tra noi...

Sembra davvero terrorizzato da questa eventualità.

Una lunga pausa.

Ciò che legge sulle nostre facce lo tranquillizza un po', ma senza convincerlo...

Accenna un sorriso:

– Oh lo so... Vi sento già... amabilmente rassicuranti: "Ma no, non c'è nessuna mela sulla tua testa... Non c'è *più* una mela... La mela del signor Blamard ha messo radici... adesso è un melo... uno splendido albero!... Rami folti, carichi del peso della tua opera... la tua opera presente e futura, checché ne dicano coloro che pretendono di ridurla a un 'insieme'... I tuoi rami continuano a crescere e l'albero a produrre... ma sì, ma sì, ascolta... si sentono maturare i tuoi nuovi frutti...".

Tende l'orecchio.

– Credete davvero?

Ascolta. Nonostante tutta la sua buona volontà, non sente niente. Se ascolta ancora un poco è solo per non darci un dispiacere.

– E poi ci sono quelli che cominciano a pensare: "Ma in fondo, tutto sommato, a pensarci bene, se vogliamo stare a vedere, senza quel trauma originario forse non l'avresti mai creata, la tua opera! Senza la deriva del minibar sull'immensità della banchisa infantile, non sarebbe stato ideato nulla dell'opera che ci ha tanto...".

Gonfia un petto felice:

– "E ci ha anche..."

Si prende ardentemente la fronte tra le dita della riflessione:

– "Senza il signor Blamard saremmo ancora..."

Con le mani fa due paraocchi:

– "Perciò dobbiamo essere grati all'amico Blamard! È grazie a lui se noi siamo qui e ora i testimoni privilegiati del tuo trionfo!"

Rassegnato:

– Ancora un po' di pazienza e sentirò le prime voci suggerirmi di ringraziare il signor Blamard: "È Blamard che devi ringraziare...". "Senza quella ferita infantile inflitta dal signor Blamard non avresti mai..." "Ma certo, se c'è uno da ringraziare, uno solo al mondo, quello è il signor Bla..."

Taglia corto urlando:

– Mai e poi mai!

Minaccioso:

– Mi avete sentito? Mai! "Grazie Blamard"? Mai!

Ripete:

– Mai.

Sgomento:

– Ma, dio santo, è possibile che non ci sia proprio nessuno da ringraziare? Nessun altro all'infuori di un torturatore di bambini? Davvero?

Al colmo della disperazione:

– Non è possibile immaginare un mondo in cui nessuno ringrazierebbe mai nessun altro, tranne che per le porte! Un mondo in cui si farebbero solo regali aziendali, dove il grazie sarebbe plausibile solo se messo in scena! E verrebbe trasmesso solo nelle "condizioni della diretta"!... Un mondo così simile al nostro non è immaginabile!

Una domanda:

– Perché, allora, questa gratitudine che mi ha spinto fino a voi?

Le luci si abbassano. Il buio cala intorno a lui, sta per inghiottirlo. È come se parlasse per scongiurare questo annientamento.

– Perché non è stato il loro premio ad attirarmi fin qui, né l'assegno...

Una piccola concessione:

– Vabbè, sì, ammettiamolo, ma non è questa la cosa importante. Io sono venuto qui per... sono venuto in cerca di... qualcuno... è stato qualcuno ad attirarmi qui, la promessa di un incontro che mi ha fatto salire su questo...

Indica il palcoscenico, e a vederlo scrutare la sala come un oceano, ti fa pensare che sia su un'isola deserta intento a spiare disperatamente l'arrivo di una nave. Le luci continuano ad abbassarsi. L'oscurità avanza. Pian piano i suoi piedi, le sue gambe, il suo busto scompaiono. Parla come se chiedesse aiuto.

– Qualcuno che vorrei ringraziare... con tutto il cuore... ma non trovo le parole tanto gli sono... qualcuno di ben preciso che conoscete benissimo...

Adesso tutto è scomparso.

Si vede solo il suo volto.

– Ricordatevi! Fate uno sforzo, dio santo! Quando siete rimasti in quella stanza vuota, prima, quella camera d'albergo la cui porta si richiudeva... e i vostri occhi si sono posati su quel minibar abbandonato nella penombra, così disperatamente chiuso sulla sua luce interiore, e in preda a non so quale comunione nella solitudine vi siete chinati su di lui, vi ricordate? Volevate bervi... qualcosa per darvi un po' di carica...

Il suo volto è ormai solo un vago bagliore nel buio assoluto. La sua bocca sembra supplicare alla superficie dell'oscurità:

– Vi ricordate? La vostra mano si è posata sulla maniglia della porta, e l'avete aperta...

E adesso, il miracolo!

Eccolo avvolto dalla luce del minibar.

E quella luce continua a crescere, fino alla fine.

E illumina solo lui.

Intorno, il buio sembra ancora più fitto.

Tanto che lui diventa splendente.

Pare sospeso nell'oscurità.

Sorride estasiato:

– Avete aperto quella porta... O meglio, no, *qualcuno* dentro di voi ha aperto quella porta... *qualcuno* dentro di voi ha liberato quella luce! Finalmente! Finalmente! Vi ricordate? Ci siamo? Ci siete? Be', ecco chi è, quel *qualcuno* che voglio ringraziare! Quella *qualcuna*! È lei, è lui, sono loro che mi hanno attirato qui! I liberatori di luce! Dovevo incontrarli! Almeno una volta nella vita! Oh! Grazie! Grazie a voi! Grazie a loro, per ogni volta che vi hanno fatto aprire la mia porta! Senza di voi, senza di loro, senza di loro dentro di voi io... O mio dio, grazie!... Grazie, grazie, davvero grazie, grazie!

Davvero sembra che tutti i riflettori dei cieli si concentrino su di lui! Finisce per assomigliare a una statua straordinariamente splendente nel buio circostante, una specie di trofeo d'oro massiccio che qualcuno agiterebbe...

– Grazie!

E il sipario si chiude su questa immagine mentre lui urla:

– Grazie! Grazie!

E noi cominciamo ad applaudire.

Quando il sipario si alza di nuovo per la prima chiamata, lo vediamo di spalle, come all'inizio dello spettacolo, di fronte a un'altra sala da cui si levano applausi che ci domandiamo se siano i nostri.

Lui, ombra cinese nella polvere d'oro dei riflettori, riceve questi applausi senza fiatare, dritto come una i, con un braccio alzato, assolutamente immobile, finché non è buio del tutto.

Luce: adesso è di fronte a noi, inondato d'oro, con un braccio sempre alzato, una mano sul cuore, assolutamente immobile.

Segue un giochetto:

Buio, luce: lui di spalle, ombra cinese che si profila nella polvere d'oro dei riflettori.

Buio, luce: lui di fronte, statua radiosa, trofeo splendente.

Lui di spalle, lui di fronte.

Lui di spalle, lui di fronte ecc.

Finché un usciere non compare sul palcoscenico e lo porta via sottobraccio, poiché da tempo non era più lui ma proprio un trofeo a grandezza naturale – lui trasformato in trofeo – che si toglie dalla scena una volta finito lo spettacolo e di cui ci si sbarazza dietro le quinte.

Sipario.

Ecco, eravamo a teatro.

INDICE

Stampa Grafica Sipiel
Milano, settembre 2004